3 4028 07851 3455
HARRIS COUNTY PUBLIC LIBRARY

DISCARDS

篮子月亮

蒲蒲兰绘本馆　篮子月亮
玛丽·琳·雷/文　芭芭拉·库尼/图
舒杭丽/译

责任编辑：熊 炽　张海虹
特约编辑：马 跃
出版发行：二十一世纪出版社（南昌市子安路75号）
出版人：张秋林
印　制：凸版印刷（深圳）有限公司
版　次：2009年9月第1版　2009年9月第1次印刷
开　本：889mm X 1194mm　1/16
印　张：2
印　数：1-7,800册
书　号：ISBN 978-7-5391-5036-9
定　价：26.80元

献给那些听到风的言语的人

M.L.R

致耐心的玛丽亚

B.C

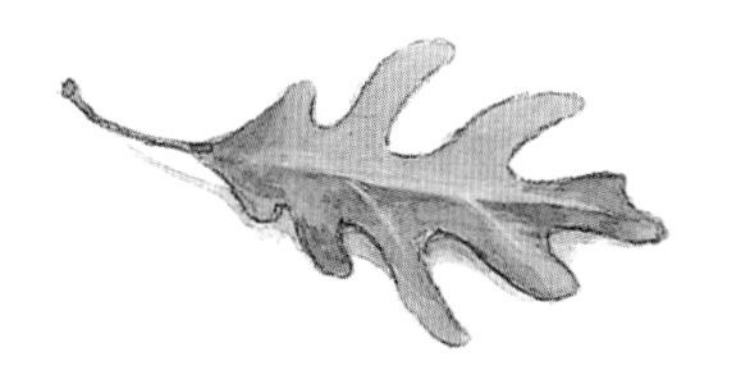

篮子月亮

玛丽·琳·雷／文　芭芭拉·库尼／图
舒杭丽／译

月亮快要圆了，篮子月亮。爸爸又该进城了。也许这次，我也可以去。

月亮变圆一次，需要好多天。在月圆之前，爸爸能编好满满一担篮子，挑到哈德逊城里去卖。

我家没有马，也没有车，所以爸爸只能走着去。他一定要等月亮变圆那天进城卖篮子，因为从城里回来的时候天就黑了，又大又圆的月亮可以像灯笼一样，照亮他回家的路。

每次爸爸进城，我都求他带上我。

可每次爸爸都说："等你长大了再去吧。"他让我和妈妈留在家里，独自一个人进城。

爸爸进城的那一天显得特别长。我努力想象着哈德逊是什么样子，不知道什么叫做城市。我家附近只住着乔大叔和库恩斯先生，山后面还有几户人家，但很少能见到他们。

我家住在高原上，土质不好，种不了庄稼，可是长着很多能编篮子的树，比如黑梣树、白橡树、山核桃树和红枫树。我知道黑梣树最适合编篮子。光看叶子我就能分辨出是枫树、松树、橡树，还是黑梣树。这都是跟爸爸学的。

爸爸跟乔大叔和库恩斯先生说我喜欢观察。看得出来，这一点让他特别高兴。

我观察爸爸和叔叔们怎样把树砍倒，怎样把树锯成一段段的圆木，再把木头扛回家。

我观察他们怎样用木槌敲木头，把木纹敲松，再剥出像飘带那样薄薄的木片来。

爸爸编篮子是从下往上编。他先把做骨架的木条交叉固定好，做成一个太阳的形状，再把骨架弯上来，做成篮子的外围，然后开始编——薄薄的木片穿过一根根的骨架，压下去，翻上来；再压下去，再翻上来。

篮子编到像一个大碗了，爸爸就把一根小树苗那么粗的木条，弯成一个大圆圈，沿着碗口缠好，这就是篮子的边。然后该装篮子把手了。爸爸把一根木棍打磨光滑，弯成半圆形。棍子的两头削尖，插进篮子两边，再绑结实。做好一个篮子，爸爸就递给我，让我收到木棚里，又开始编下一个篮子。

现在木棚里已经装满了篮子，月亮也变圆了。这次，爸爸会带我进城吗?

我八岁了。我能够闻到山丘上绿色的湿气，我知道哪里有黑梣树。我想，八岁一定算是长大了，可爸爸还是对我说同样的话。

我只好又回去看大人干活儿，等待着月亮再一次变圆。橙色和黄色的树叶落到地上，夏日在树荫下编篮子的大人们，一个个钻进厨房，围坐在炉火旁。

他们坐在一起编篮子。天黑下来，大家的话也少了。有时是爸爸说，有时是乔大叔或库恩斯先生说。他们说的都是从大树那儿听来的故事。

我也想听大树讲故事。我用心倾听夜晚的声音，可是，什么也听不到。

只听见，火苗噼噼啪啪地响，椅子吱吱扭扭地叫，长长的木条啪啪地拍打着地面。

乔大叔说："会听的耳朵才听得见。"

我不知道自己是不是真的明白这话的意思，可我知道，还要耐心地等待。

ACME CHAMPION

我已经习惯了等待。

我听到了雪花飘落的声音，听到了冰柱融化、滴水的声音，也听到了花苞绽放的声音，可就是听不到大树说话的声音。等到爸爸再去哈德逊的时候，他照样把我留在家里，跟着妈妈——尽管我已经八岁半了。

树木又一次披上了绿色的光辉，从树下往上看，太阳好像也是绿色的。我能帮着大人剥木条了，爸爸还让我动手来编编看。木条压下去，翻上来；再压下去，再翻上来。

又到了我的生日。我九岁了。过完生日，爸爸认真地端详着我，就像是检查他刚刚编好的篮子，可没说心里是怎么想的。过了一两个星期，月亮又圆了。爸爸收拾着东西，准备进城卖篮子。这时候，他开口说道："我看这次你可以跟我一块儿去了。"

妈妈做好了午餐，帮我们用木棍把篮子串起来，挑到肩膀上。妈妈说，谁也看不见爸爸和我在走路，只见两串篮子蹦蹦跳跳下了山。

下山之后，道路变得平坦。我们路过一个果园，里面有六百棵苹果树。我边走边数，回去告诉妈妈。或许，我只数到了五十，后面的数都是猜的。一路上，我们看到许多石头房子，四方的院子和花园；我们路过大农场，土地开阔又宽广。我们一路往前走，篮子一路跳着舞。

走着，走着，脚下的土路变成了柏油路——哈德逊到了！

大大小小的街道突然出现在眼前，爸爸好像全都认得。我们直接来到詹森杂货店。货架上摆满了各种盆盆罐罐、炉灶管道，有带花和不带花的盘子，有锯子、煮豆锅、雪靴、煤油灯、渔网、猎人的背心、小刀、毡帽、抓钩，还有陶器和瓦罐。

爸爸把篮子堆放在柜台上，一股新鲜树木的香味立刻散发出来，掺入杂货店的气味里，那是一种煤油、皮革、铁桶铁钉

混合在一起的气味。我站在爸爸身旁，看着他用篮子换来我们家用的东西。

然后我们去了洛克曼食品店，买妈妈要的：全麦粉、白面粉、苏打粉、姜、葡萄干、柠檬、猪油、豌豆、洋葱、番茄罐头……

店里的商品琳琅满目，看得我眼花缭乱：贴着彩色标签的罐头、一排排新鲜的水果和蔬菜、金黄的奶酪、粉红的汽水，还有雪白的鸡蛋。

哈德逊城里弥漫着厂房和商店的味道。

城里还可以闻到江水和船发出的霉味。我们顺着这种气味走到江边。爸爸在那儿买了些刚从船上卸下来的香蕉，也跟其他东西一起，挂在担子上。该回家了，还有好多路要走呢。

ACTORY

沿着来时的路往回走，又经过那几个商店。我正想着怎么跟妈妈描述哈德逊城，忽然听到广场那边，有个男人在大声喊：“破篮子，烂篮子，乡巴佬儿卖篮子。这些山里人哪，除了篮子还是篮子，什么都不懂。”

我扭过头去看，那人大笑起来，旁边的几个人也跟着哈哈大笑。爸爸叫我别理他们，对他来说这已经不是什么新鲜事了。

回家的路上，我怎么都抹不去心中的阴影。哇！哇！哇！那些人的笑声就像一大群乌鸦围着我，叫个不停。

ACME CHAMPION

妈妈点亮了煤油灯，正在准备晚餐，烙面饼。可是我什么也不想吃。

我给妈妈讲了城里发生的事，她说：“大树知道我们懂得什么，哈德逊的人知不知道并不重要。”

我真想告诉妈妈，这对我来说，很重要。

第二天一早，爸爸像平日一样去编篮子，可我不想去看了。看他编篮子的快乐没有了。找梣树、扯木条、闻木条的香味、在木棚里面把篮子摞得高高的，都不再给我带来快乐。篮子不再让我感到骄傲。乡巴佬才做篮子！

我再也不会去哈德逊了，也不想让爸爸再去了。

一连几个星期，我都在找一个机会。终于有一天，当爸爸、妈妈、库恩斯先生和乔大叔都不在的时候，我打开了木棚的门。

我伸出脚去，狠狠地踢那些摞得高高的篮子，就像踢大树的树干。“破篮子，烂篮子！破篮子，烂篮子！”一摞摞的篮子倒在地上，却都没有破。爸爸做的篮子很结实。

不知什么时候，乔大叔走了进来。他说：“我要找些木条。”我们俩都心知肚明，他并不是来找木条的。

乔大叔站在满地散乱的篮子当中，很久很久，没有说话。我也一声不响地站在那里。后来，乔大叔弯下腰，把篮子一个个地捡了起来，一摞摞地码放整齐。

这时，乔大叔开口说话了：“听到风说的话，有的人把它唱出来，变成音乐；有的人把它写出来，变成诗。而风教我们把它说的话编成了篮子。”

一片橡树叶子随风飘进了木棚。乔大叔说：“风在看着我们，它知道谁是可以信任的。”

就在这一瞬间，哈德逊的那些人在我心里一点都不重要了。

我愿意像乔大叔、库恩斯先生和爸爸那样，做一个被风拣选、被风信任的人。

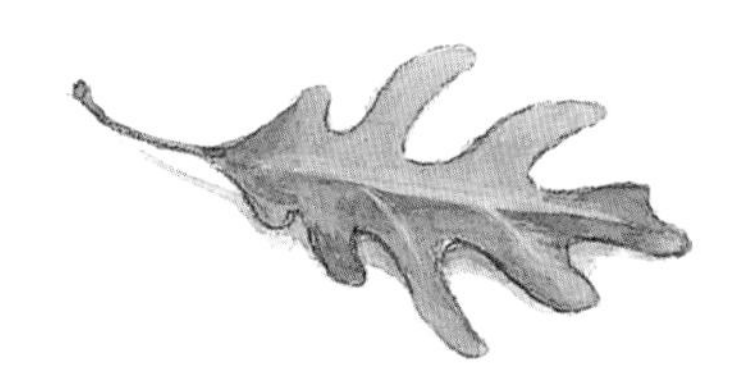

我走进树林去倾听，回到木棚去倾听，抱着湿润的木条去倾听。可是什么也没有听到。于是，我从废木屑堆里捡出几根木条，摆成太阳的形状，就像爸爸做的篮子底，然后开始编篮子。压下去，翻上来；压下去，翻上来。还是什么都没有听到。

到了晚上，当炉火熄灭、整栋房屋都安静下来的时候，我听到风在召唤：“跟我来！”

我随着风，飘上去，飘下来；在夜晚的枝条中，在黑暗的枝条中，上下穿梭。这是风在编织。

编好的半个月亮挂在空中。月光下，似乎每片树叶都在向我行礼。

清晨，树枝在屋顶上蹭来蹭去，将我唤醒。妈妈说：“树在长个儿呢。枝条长啊长，长出篮子来。”

我知道。

大树长出的篮子就是我要去编的篮子。

风已经在呼唤我了。

作者后记

一百多年前，距离纽约州哈德逊市不远，在哥伦比亚郡的高原上，散居着一些神秘的庄户人家。他们以编篮子为生，创造出了独特的编篮工艺。他们带着手工编织的篮子，不时地到哥伦比亚郡的各个城镇里去卖。塔康尼克地区的人对他们并不真正了解，却警告自家的孩子，不许搭理这些“山野之人”。在外人看来，他们所居住的山林是个闹鬼的地方。故事越传越邪。距离这里不远，西边就是卡兹奇山，相传是瑞普·凡·温克尔★沉睡了二十年的地方，也是无头骑士骑马的地方。

1900年之后，再也没有人记得这个地区究竟是从什么时候开始形成的。即使是那些编篮子的人也只知道，他们世代住在那里，经年不断地编篮子。他们编制了成千上万的篮子。到了二十世纪五十年代，篮子逐渐被纸袋、纸箱和塑料制品所取代，只有个别的收藏家还关注这些篮子。编篮子所用的黑梣树越来越少，因此编篮子的人家也就越来越少，然而还是有人坚持着。最后一个编篮子的人于1996年辞世，直到生命的最后一刻，她都在编制着同样的篮子。

这种棕色的圆形篮子现在已经成为篮子当中的经典，其中的精品之精美，是世界上任何一个地方的篮子都比不上的。幸存下来的篮子目前大多保存在博物馆、谷仓里，还有的被不同的美国民间艺术团体所收藏。这些篮子来到世上，就是为了被永久珍藏的。

★注：美国作家华盛顿·欧文小说中的人物。

9